Fábulas

Divertidas Fábulas para niños

Versión de bolsillo

 editores mexicanos unidos, s.a.

© Editores Mexicanos Unidos. S. A.
Luis González Obregón 5-B Col. Centro
Delegación Cuauhtémoc
C.P. 06020 Tels: 55-21-88-70 al 74
Fax:55-12-85-16
editmusa@mail.internet.com.mx
www.editmusa.com.mx

Miembro de la Cámara Nacional
de la Industria Editorial, Reg. No. 115

Selección de Blanca Olivas Gil de Arana.

Versión de bolsillo de la edición tamaño carta

Ilustraciones: "Teresa Valenzuela"

La presentación y composición tipográficas
son propiedad de los editores

ISBN 968-15-1233-2

Edición Febrero 2006

Impreso en México
Printed in Mexico

Divertidas Fábulas para niños

editores mexicanos unidos, s.a.

LOS MIMOS DE FERNANDO
Ezequiel Solana
(España)

Una tarde, Fernando
horas enteras se pasó llorando;
y su madre, afligida,
le mimaba, temiendo por su vida.
—¿Quieres pan, hijo mío?
—No; ¡que está duro y se lo tiro al río!
—¿Quieres que te haga un huevo?
—No; ¡que comidos más de veinte llevo!
—¿Quieres torta y manteca?
—No; ¡que la torta es demasiado seca!
—¿Quieres pastel, Fernando?
—No; ¡que es pequeño y además muy blando!
Y la madre, que lo ama,
le dio una **zurra**[1] y lo metió en la cama;

Moraleja: *Que en ciertas ocasiones, las zurras valen más que las razones.*

Vocabulario:
[1]**Zurra:** paliza, tunda, serie de golpes.

EL LEÓN Y EL RATÓN
Esopo
(Grecia)

Un león se hallaba durmiendo en medio de la selva. Viéndolo dormir a pierna suelta, varios ratones del campo se atrevieron a jugar muy cerca de él. En eso uno de ellos dio un salto y fue a caer encima del fiero animal, despertándolo. De inmediato atrapó el león con su garra al ratoncito y ya estaba a punto de comérselo, cuando éste le rogó que le perdonara la vida, pues no había tenido intención de molestarlo.

El rey de la selva aceptó la excusa del ratón y, pensando que sería un gran abuso de su parte vengarse de un ser tan indefenso, lo perdonó y dejó que se marchara.

Poco tiempo después, caminando por la selva a mitad de la noche, el león cayó en una trampa y al momento quedó atrapado en una enorme red.

El león se puso entonces a rugir con gran desesperación. El ratón, al oír los lamentos del león, corrió rápidamente al lugar donde la fiera se hallaba y le dijo: —No tengas miedo. Una vez tú me hiciste un gran favor y ahora me toca a mí devolvértelo. Y de inmediato se puso a roer las cuerdas que lo sujetaban, hasta que finalmente logró que el león quedara libre.

Moraleja: *Esta fábula nos enseña que nadie debe abusar de los seres más débiles, pues en el momento menos esperado podemos recibir grandes favores de ellos.*

LA LECCIÓN
Antonio Campos y Carreras
(España)

Una rana veía
cómo un águila alzaba
el vuelo al firmamento:
"Dentro de mí yo siento,
al águila, decía,
ganas también de alzarme
por el viento.
Una lección quisiera.
Di: ¿qué he de hacer para
volar, hermana?"
Y contestóle el águila **altanera:**[1]
"Amiga, muy sencillo: no ser rana".

Vocabulario:
[1]**Altanera:** orgullosa, altiva, arrogante, desdeñosa.

LOS DOS AMIGOS Y EL OSO
Félix María Samaniego
(España)

Iban dos amigos paseando por el bosque cuando, de repente, apareció un oso que avanzaba hacia ellos.

El primero de los amigos que vio al oso, se subió apresuradamente a un árbol y se ocultó entre las ramas.

El otro, que se había quedado solo en el camino, al darse cuenta del peligro se acostó en el suelo y permaneció inmóvil, fingiéndose muerto.

El oso se acercó lentamente hacia él y empezó a olfatearlo. Pero como, según dicen, estos animales no se alimentan nunca de cadáveres, el oso, al no sentir el menor movimiento en el joven y creyendo que verdaderamente estaba muerto, se dio la media vuelta y se alejó diciendo:

—Éste está tan muerto como mi abuelo.

Cuando ya no hubo ningún peligro, el otro bajó del árbol y le dijo riendo a su compañero:

—Estando arriba del árbol pude observar que el oso se puso muy cerca de ti y te susurró algo al oído. —¿Qué fue lo que te dijo?

—Me dijo que es un cobarde el que abandona a su amigo que se halla en peligro.

LAS IDEAS Y LAS PALABRAS
José Estremera
(España)

La idea les sobrevino
a varios brutos de que era
una cosa muy grosera

Y tomaron el acuerdo,
tras de discutir bastante,
de que de allí en adelante
se le llamaría "cerdo".

Y dijo un **pollino**:[1] —Pues
si expresáis la misma idea,
sea su nombre cual sea,
él siempre será quien es.

_____

Vocabulario:

[1]**Pollino**: asno joven.

EL GATO
Nicolás Pérez Jiménez
(España)

Un gato se atragantó
con un hueso de **perdiz**[1].
Así que el amo lo vio,
en el momento acudió
para ver si al infeliz
le puede el hueso sacar;
pero, al irle a acariciar,
el fiero gato cruel
un surco le hace en la piel
y lo tuvo que soltar.

El gato fue al panteón
sin poderlo socorrer,

pues sus uñas de alfiler
clavó con fiera intención
al que lo llegó a coger.

Vocabulario:
[1]**Perdiz**: ave comestible.

POR QUÉ SON ENEMIGOS
EL PERRO Y EL GATO
Fábula judía

Cuando fueron creados, el perro y el gato eran muy amigos. Todos los días salían a cazar juntos, y, al terminar el día, se repartían por partes iguales las piezas que habían obtenido y los dos estaban conformes. Pero llegó un momento en que resultó difícil conseguir alimentos para ambos. Fue entonces cuando resolvieron separarse. El gato dijo:

—He decidido irme a vivir a la casa del hombre. Prométeme que no vendrás a entrometerte en mis dominios y que buscarás albergue y alimento en otro lado.

A lo cual el perro respondió:

—Mi intención es quedarme con los animales. Te deseo que tengas suerte y que disfrutes de una buena vida.

El gato se encaminó hacia la casa del hombre y, al llegar allí, se introdujo en ella.

El hombre, al ver que aquel animal acababa con los dañinos ratones, quedó encantado de tenerlo en su casa. Pronto hizo una abertura especial en la puerta, a fin de que el gato pudiera ir y venir a su antojo, y por las noches, el hombre acariciaba el suave pelo del animalito cuando éste ronroneaba a su lado junto al fuego.

Mientras tanto, el perro se había dedicado a buscar un nuevo compañero. Un día se acercó a la cueva del lobo y le preguntó:

—¿Te gustaría compartir tu vivienda conmigo? Trataré de serte útil y no te molestaré.

—Está bien –contestó el lobo. Pero durante la primera noche que pasó junto al lobo, el perro se despertó sobresaltado al oír las pisadas de unos animales que se acercaban. Llamó quedamente al lobo con el fin de despertarlo y defenderse contra el ataque de los animales. El lobo abrió un ojo, bostezó y gruñó:

—Por favor, déjame dormir en paz —y siguió roncando.

El perro saltó fuera de la guarida y como pudo luchó solo contra los desconocidos animales. Al terminar la batalla, estaba lleno de heridas. Entonces decidió irse de allí y buscar otra compañía. Poco después, se encontró a un mono que comía nueces

sentado en una rama, y le preguntó:

¿Te agradaría que tú y yo viviése-mos juntos?

—Si estás dispuesto a treparte hasta aquí, jugar conmigo en las ramas y alimentarte con nueces, no tengo inconveniente —se burló el mono.

De este modo anduvo el perro de un animal a otro, durante varios días, buscando vivienda y comida, pero en ninguna parte hallaba acomodo. Sintiéndose desamparado, finalmente se dirigió a la casa del hombre, el cual se compadeció de él y le dio de comer, además de permitirle descansar a su lado.

Cuando los animales salvajes ponían en riesgo la vida del hombre, el perro, que podía olfatearlos a gran distancia, le avisaba ladrando.

—Eres un buen guardián y un compañero muy fiel —le dijo el hombre; deseo que te quedes siempre en mi casa y que la vigiles.

Pero esa noche, mientras el hombre dormía, el perro oyó de pronto un desagradable maullido, y enseguida vio los luminosos ojos del gato brillando a su lado.

—Tú me prometiste que no te entrometerías en mi vida y que conseguirías vivienda y comida lejos de esta casa. ¡Vete ahora mismo de aquí! —Exclamó el gato.

—Es cierto, pero no he podido encontrar otro lugar que me guste tanto como la casa del hombre

—replicó el perro.

Las quejas del gato despertaron al hombre, quien de inmediato trató de reconciliar a los dos animales.

—En esta casa hay comida y lugar para ambos. Dejen ya de pelear y váyanse a dormir.

A partir de ese día, tanto el gato como el perro son animales domésticos, pero se odian mutuamente, se tienen envidia e intentan a cada momento arrebatarse los bocados uno a otro.

EL CICLISTA Y EL MÉDICO
Ezequiel Solana
(España)

Montó Luis una tarde en bicicleta
con tan mala fortuna,
que vino al suelo y se **dislocó**[1]
un brazo
cuando quiso tomar **raudo**[2] una
curva.
Viendo el **desaguisado**[3], dijo
el médico
al hacerle la curación:
—¿Es hoy la primera vez que
usted monta?
—No, señor, —le contestó: ¡Ésta
es la última!

Moraleja: *Sufrir cualquier **percance**[4] en una empresa, lamentable es sin duda;*

*pero lo que al cobarde le **amilana**[5], al hombre **animoso**[6]
más le estimula.*

Vocabulario:
[1]**Dislocó**: desunirse o separarse un hueso.
[2]**Raudo:** rápido, veloz.
[3]**Desaguisado:** destrozo.
[4]**Percance**: daño, accidente, contratiempo.
[5]**Amilana:** asusta, atemoriza.
[6]**Animoso:** decidido, valiente.

EL ASNO VESTIDO CON LA PIEL DE LEÓN
Esopo
(Grecia)

Un asno se disfrazó un día con la piel de un león y, muy divertido, se dedicó a pasear por la selva haciendo que los demás animales huyeran de miedo al verlo.

En una ocasión encontró a una zorra y quiso asustarla también, pero ésta, que era muy lista y ya antes había oído su voz, le dijo:

—¡Créemelo, a mí también me habrías hecho temblar de miedo si no te hubiera oído rebuznar!

Moraleja: *Dicho con un refrán, esta fábula nos enseña que "aunque la mona se vista de seda, mona se queda".*

LOS POLLOS
Germán Verdiales
(Argentina)

Delante de sus madres
compiten varios pollos,
queriendo ser los unos
      mejores que los otros.

     Los ánimos se alteran
    y se arma un alboroto
     que llena el gallinero
     de gritos y de polvo.

     Y *quiquirí* te digo,
    y *quiquirí* respondo
     —que el *quiquirí* les sirve
     para expresarlo todo—,
    reparten picotazos
los pillos y los tontos.

    En esto el amo acude,
llegando presuroso,
y agarra por las patas
al más bravo de todos.

    Se sosiegan[1] las madres
y se aquietan los pollos;

las plumas sueltas caen,
el polvo vuelve al polvo,
y se oye solamente
algún *cocoroc* sordo.
El hombre, entonces, dice,
mirándolos a todos:

—No sirve para gallo
ninguno de vosotros,
y el horno dirá luego
quién sirve para pollo.

___

Vocabulario:
¹**Se sosiegan:** se calman.

EL PERRO ENGAÑADO POR EL REFLEJO
Anónimo
(India)

Una vez iba un perro cruzando un puente, sobre un río, y llevando un buen pedazo de carne en la boca. De pronto vio su imagen reflejada en el agua y creyó que otro perro venía hacia él. Como supuso que el otro llevaba un mejor bocado que el suyo, quiso arrebatárselo, pero para poder hacerlo tuvo que soltar la carne que él llevaba. Tuvo tan mala suerte que su pedazo cayó al rio por lo cual se quedó sin·comer .

___

Moraleja: *No hay que ser codiciosos, pues, por desear lo que otros tienen, podemos perder lo que nos pertenece.*

NADIE SE CONTENTA CON SU SUERTE
Antonio Campos y Carreras
(España)

Decía el elefante
al ruiseñor oyendo:
    "Diera mi grande **mole**[1] de gigante
y los dos tercios de mi larga vida
por el dulce sonar de tu garganta".
    Y el ruiseñor le dijo:
    "Pues el dulce gorjeo que te encanta,
¡cosas del mundo, hijo!,
yo gozoso lo cambio
por vivir sólo un tercio
de tu larga existencia."

¡Oh, de la vida humana
*envidiosa **tendencia**![2]*
*Fijas la vista en los **ajenos**[3] bienes,[4]*
no aprecias el valor de los que tienes.

Vocabulario:
[1]**Mole:** cuerpo pesado y de enormes dimensiones.
[2]**Tendencia:** inclinación del hombre hacia ciertos fines.
[3]**Ajeno:** que pertenece a otros.
[4]**Bienes:** posesiones, pertenencias, riqueza.

LOS TRES QUEJOSOS
Juan Eugenio Hartzenbusch
(España)

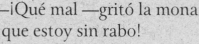

—¡Qué mal —gritó la mona
que estoy sin rabo!
—¡Qué mal estoy sin **astas**![1]
—repuso el asno.
Y dijo el topo:
—Más debo yo quejarme,
que estoy sin ojos.

 No reniegues, amigo,
de tu fortuna;
 que otros podrán dolerse
más de la suya.
 Si se repara,[2]
nadie en el mundo tiene
dicha **colmada**.[3]

Moraleja: *No hay que quejarnos de nuestra suerte, cuando en el mundo otros la tienen peor.*

Vocabulario:
[1]**Astas:** cuernos.
[2]**Si se repara:** si se observa.
[3]**Colmada:** completa.

LA RANA Y LA GALLINA
Tomás de Iriarte
(España)

Desde su charco una **parlera**[1] rana
oyó cacarear a una gallina.
   "Vaya, le dijo: no creyera, hermana,
que fueras tan incómoda vecina.

Y con toda esa **bulla**,[2] ¿qué hay
de nuevo?"
   "Nada, sino anunciar que
pongo un huevo".
   "¿Un huevo solo? ¡Y alborotas
tanto!"
   "Un huevo solo; sí, señora
mía.
   ¿Te espantas de eso cuando no
me espanto de oírte cómo graznas
noche y día?
   Yo, porque sirvo de algo, lo publico;
tú, que de nada sirves, calla el pico".

Moraleja: *Al que trabaja algo, puede **disimulársele**[3] lo que **pregone**;[4] el que nada hace debe callar.*

LA ZORRA Y EL SAPO
Esopo
(Grecia)

Un día, a mitad del bosque, se encontraron la zorra y el sapo. La zorra, al ver que el sapo caminaba con tanta torpeza, le dijo burlonamente:

—Me parece, amigo sapo, que vas a llegar tarde a donde te diriges.

—Yo creo más bien que llegaré antes que tú, querida zorra, porque mis patas son más ligeras que las tuyas.

—¿Acaso me quieres tomar el pelo, sapito tonto?

—De ningún modo, zorrita. Lo creas o no, corro mucho más rápido que tú. Y si lo dudas, ¿por qué no apuestas conmigo a ver quién llega más pronto?

Después de oír las palabras del sapo, la zorra se doblaba de la risa y gustosa aceptó la apuesta del sapo. Entonces pusieron como punto de llegada un árbol que se encontraba tan, pero tan lejos, que casi no se alcanzaba a ver.

Al dar el grito de salida, la zorra dirigió su mirada hacia el árbol para iniciar la carrera, y justo en ese momento, viéndola distraída, el sapo pegó un brinco

y se subió en su lomo sin que la zorra se diera cuenta. Ésta se lanzó corriendo a toda prisa en dirección al árbol elegido. En cuanto llegó a él, rápidamente volvió la vista hacia atrás para ver dónde había quedado el sapo, pero éste aprovechó la ocasión para saltar de su lomo y fue a caer más allá del árbol. Puso entonces cara de aburrimiento y le dijo a la zorra:

—¿Qué tanto miras allá atrás? ¿Qué no ves que ya estoy aquí? Hace un buen rato que te espero y ya empezaba a cansarme.

Con la lengua de fuera y llena de asombro, la zorra no podía creer que el sapo estuviera allí esperándola tranquilamente y sin dar muestras de cansancio. La zorra no pudo nunca explicarse cómo fue que el sapo le ganó la carrera. En cambio él todavía está riéndose.

LA GALLINA Y EL CERDO
Rafael Pombo
(Colombia)

Bebiendo una gallina
de un arroyuelo,
a cada trago lanza
la vista al cielo,
y con el pico
gracias daba a quien hizo
licor tan rico.

"¿Qué es eso?, gruñó un puerco,
¿qué significa
tan ridícula mueca?"
Y ella replica:
"Nada, vecino.
La gratitud **es griego**¹
para un cochino".

Vocabulario:
¹**"Es griego":** es algo que no
puede entender (un cochino).

EL HIDRÓPICO Y EL AVARO
José Rosas Moreno
(México)

Sed horrible atormentaba
a un pobre **hidrópico**¹ un día,
y agua y más agua bebía,
y más su sed aumentaba.
   Un **avaro**² le miraba
y se rió **de su merced**.³
   —He aquí la imagen de usted, le dijo una
labradora,
pues mientras más atesora,
más insaciable es su sed.

Moraleja: *"Ver la paja en el ojo ajeno, y no la viga en el propio", es decir, es más fácil ver los defectos de los demás que los de uno mismo.*

Vocabulario:
[1]**Hidrópico:** Excesivamente sediento.
[2]**Avaro:** Ansia o deseo excesivo de adquirir y atesorar riquezas.
[3]**De su merced:** de él.

LA CARACOLA
Germán Verdiales
(Argentina)

La caracola
que reproduce en su espiral
las espirales de la ola;
la caracola
que hasta arenillas y hasta sal
guarda por siempre en su corola;

la caracola
que **zumba**[1] al **zumbo**[2] colosal
del patrio mar, para ella sola,
le muestra al hombre el ideal
del verdadero **amor filial.**[3]

Vocabulario:
[1]**Zumbar:** producir un sonido continuado como el de las abejas.
[2]**Zumbo:** zumbido.
[3]**Amor filial:** amor de hijo.

LA NARIZ Y LOS OJOS
Rafael Pombo
(Colombia)

Se puso la nariz malhumorada
y dijo a los dos ojos:
"Ya me tienen ustedes jorobada
cargando los anteojos.

Para mí no se han hecho.
Que los sude
el que por ellos mira",
y diciendo y haciendo se sacude,
y a la calle los tira.

Su dueño sigue andando, y como es miope, da un
tropezón, y cae,
y la nariz aplástase... y el tope
a los ojos **sustrae**.[1]

Sirviendo a los demás frecuentemente
se sirve uno a sí mismo;
y siempre cuesta caro el imprudente
selvático[2] egoísmo.

_____

Vocabulario:
[1]**Sustrae:** salva.
[2]**Selvático:** ordinario, tosco, grosero.

LA GALLINA DE LOS HUEVOS DE ORO
Esopo
(Grecia)

Cierto hombre era dueño de una gallina que ponía huevos de oro, pero no estaba contento pues sólo ponía un huevo al día. Así que, creyendo que dentro de la gallina encontraría una mayor cantidad del valioso metal, decidió matarla.

Pero cometió un gran error, pues al abrirla vio que por dentro era exactamente igual a las demás gallinas. De ese modo, por haber ambicionado enormes riquezas, perdió la que poseía.

Moraleja: *esta fábula enseña que debemos estar contentos con lo que tenemos, pues la codicia puede hacer que perdamos lo poco o mucho que poseemos.*

JÚPITER Y LA TORTUGA

Félix María Samaniego
(España)

A las bodas de **Júpiter**[1] estaban
todos los animales convidados;
unos y otros llegaban
a la fiesta nupcial apresurados.

No faltaba a tan grande concurrencia
ni el reptil ni la más lejana oruga,
cuando llega muy tarde y con
paciencia,
a paso perezoso, la Tortuga.

Su tardanza **reprende**[2] el dios
airado,[3]
y ella le respondió sencillamente:
—Si es mi casita mi retiro amado,
¿cómo podré dejarla prontamente?

Por tal disculpa, Júpiter **tonante**,[4]
olvidando el **indulto**[5] de su fiesta,
la ley del caracol le echó al instante,
que es andar con la casa siempre **a cuestas**.[6]

Moraleja: Gentes **machuchas**[7] hay que **hacen alarde**[8] de que aman su retiro con exceso, pero a su obligación acuden tarde: viven como el ratón dentro del queso.

46

Vocabulario:
[1]**Júpiter:** el dios más poderoso de los romanos.
[2]**Reprende:** desaprueba, reprocha.
[3]**Airado:** enojado, irritado.
[4]**Tonante:** atronador (que truena), retumbante, ruidoso.
[5]**Indulto:** perdón.
[6]**A cuestas:** llevar algo sobre los hombros o la espalda.
[7]**Machuchas:** prudentes, maduras.
[8]**Hacen aiarde:** presumen, se alaban.

EL MOSQUITO Y EL LEÓN
Esopo
(Grecia)

Una vez un mosquito muy bravucón se acercó a un león y le dijo: "Tú a mí no me causas ningún miedo, porque, vamos a ver, ¿en qué consiste tu fuerza? ¿En que rasgas con las uñas y muerdes con los dientes? Lo mismo hace cualquier mujer cuando pelea con su marido, y no por eso es más fuerte. Yo sí que lo soy, y si quieres, para convencerte de ello, vamos a entrar en combate." Entonces el mosquito se afiló el aguijón, y empezó a morder al león en el hocico. Luego atacó ferozmente las narices del león. Éste estaba desesperado pues todos los esfuerzos que hacía para ahuyentar a su pequeño enemigo resultaban inútiles y lo único que conseguía era herirse con sus propias uñas.

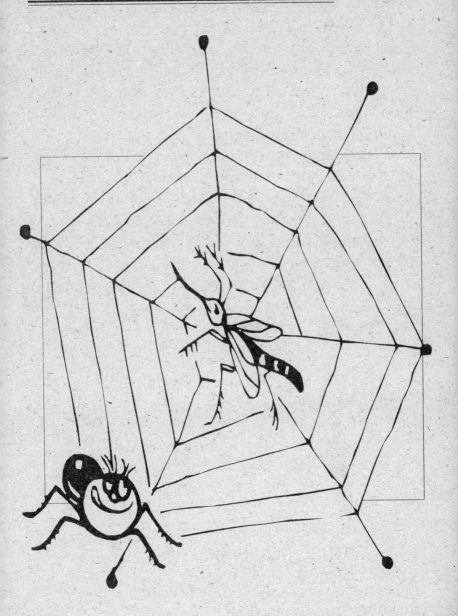

De este modo, el mosquito sonó su trompa proclamándose vencedor, y se alejó muy satisfecho cantando victoria. Pero iba tan orgulloso de sí mismo pensando en lo fácil que le había resultado vencer al león, que no se fijó por dónde volaba y a medio camino quedó atrapado en la tela de una araña, quien se dispuso a devorarlo, pero antes de que lo hiciera el mosquito tuvo tiempo de lamentarse de que, habiendo vencido al más fuerte animal, terminó por morir a manos de una insignificante araña.

Moraleja: *Esta fábula desea servir de lección a las personas que, después de superar los más grandes obstáculos, pueden ser víctimas de su propia confianza y acaban siendo derrotados por los más pequeños.*

EL MANDARÍN Y EL ERMITAÑO
Ezequiel Solana
(España)

Un **mandarín**[1] de la **Tartaria**[2] china,
sobre la seda fina
del vestido, **ostentaba**[3] en perlas y oro
un **soberbio**,[4] riquísimo tesoro.

Por la espléndida villa en que **moraba**,[5]

cierto día pasaba
un **ermitaño**,[6] y ante tal riqueza,
gracias dio al mandarín por la **fineza**.[7]

—¿Por qué fineza, —el mandarín **ufano**[8]replicó—,
si mi mano
ni una perla tan sola te ha ofrecido
de las muchas que **esmaltan**[9] mi vestido?

—Bien lo sé —le contestó el ermitaño—;
pero, si no me engaño,
me has dado el gusto y la ocasión de verlas,
y otro placer no pueden dar las perlas.

Tú tienes, por el gusto de llevarlas,
la pena de guardarlas;
yo, más dichoso, sin ningún
cuidado,
gozo el placer de ver las que me
has dado.

Moraleja: *Despójate del oro y de
la seda del vestido y ¿qué queda?
Piensa y verás, por mucho que te
asombre, que ya no hay diferencias de
hombre a hombre.*

Fábulas

Vocabulario:
[1]**Mandarín:** antiguamente, un alto funcionario chino.
[2]**Tartaria:** nombre histórico de una región de Asia.
[3]**Moraba:** vivía.
[4]**Ostentaba:** exhibía, lucía.
[5]**Soberbio:** magnífico, admirable.
[6]**Ermitaño:** persona que vive modestamente y retirado del mundo.
[7]**Fineza:** atención, cortesía, obsequio.
[8]**Ufano:** presumido.
[9]**Esmaltan:** cubren, adornan.

LA POMPA DE JABÓN
Germán Verdiales
(Argentina)

Imagen es de la ambición
la hermosa pompa de jabón
que sus orígenes olvida.

Verdad que crece sin medida,
pero en silencio, al fin, explota,
y vuelve a ser humilde gota.

Es su fracaso una lección,
pues si de un corto soplo nace,
de otro, más corto, se deshace
la hermosa pompa de jabón...

54

LA ZORRA Y EL MONO
Rafael Pombo
(Colombia)

Dijo a la zorra el mono
con **jactancioso**[1] tono:
"¿Quién mi talento **excede**?[2]
Nómbrame un animal
al cual yo no remede
con perfección **cabal**".[3]

"Y tú, soberbia alhaja,
responde la **marraja**,[4]
nómbrame alguna bestia
que quiera **baladí**[5]
tomarse la molestia
de remedarte a ti".

Vocabulario:
[1]**Jactancioso:** presuntuoso, pedante.
[2]**Excede:** supera, aventaja.
[3]**Cabal:** completa, exacta, absoluta.
[4]**Marraja:** astuta (zorra).
[5]**Baladí:** insignificante, poco importante.

LA ORUGA
José Rosas Moreno
(México)

Estaba entre unas hojas de lechuga
la miserable oruga,
y al verla don Modesto
exclamó con horror y haciendo
un gesto:
"¡Dios santo y poderoso!,
nunca he visto animal más
asqueroso".
Pero al siguiente día,
contento perseguía,
corriendo sin cesar de rosa en
rosa,
a la oruga cambiada en mariposa.

Desnudo el vicio al corazón espanta;
mas si el brillo del oro en él **reluce,**[1]
su aparente belleza nos seduce
y seguimos el mal que nos encanta.

Vocabulario:
[1]**Reluce:** resplandece, brilla.

EL DROMEDARIO Y EL CAMELLO
Juan Eugenio Hartzenbusch
(España)

El Camello le dijo
al **Dromedario:**[1]
—Comparado contigo
¡cuánto más valgo!
—No cabe duda:
yo tengo dos jorobas;
tú tienes una.

Moraleja: *Los tontos
se enorgullecenen hasta de
sus propios defectos.*

____

Vocabulario:
[1]**Dromedario:** camello con una sola joroba.

EL BURRO FLAUTISTA
Tomás de Iriarte
(España)

Esta fabulilla,
salga bien o mal,
me ha ocurrido ahora
por casualidad.

Cerca de unos prados
que hay en mi lugar,
pasaba un **borrico**[1]
por casualidad.

Una flauta en ellos
halló, que un **zagal**[2]
se dejó olvidada
por casualidad.

Acercóse a olerla
el dicho animal,
y dio un **resoplido**[3]
por casualidad.

En la flauta el aire
se hubo de colar,
y sonó la flauta.

—"¡Oh! —dijo el borrico.
¡Qué bien sé tocar!
¡Y dirán que es mala
la música **asnal**!"[4]

Sin reglas del arte,
borriquitos hay
que una vez aciertan
por casualidad.

Vocabulario:
[1]**Borrico:** asno.
[2]**Zagal:** pastor joven.
[3]**Resoplido (resoplar):** respirar con fuerza o haciendo ruido.
[4]**Asnal:** de asno.

LA LIEBRE Y LA TORTUGA
Esopo
(Grecia)

En cierta ocasión se hallaba la liebre presumiendo, delante de los demás animales, su gran velocidad.

—Soy la más veloz de todos —decía—. Nadie ha podido nunca ganarme una sola carrera. Reto a cualquiera a probarlo.

—Acepto el reto —dijo tranquilamente la tortuga.

—¿Tú? Pues mira que me hace gracia —dijo la liebre—. Puedo ir y volver tres veces antes de que tú llegues.

—Es posible, pero no te alabes hasta ser la vencedora —repuso la tortuga.

Después de establecer las condiciones en que debía llevarse a cabo la carrera, comenzó la prueba. La liebre salió disparada y desapareció en un abrir y cerrar de ojos, pero se detuvo a mitad del camino y como se

sentía muy superior a la tortuga, decidió echarse a descansar un rato a la sombra de un árbol.

Mientras tanto, la tortuga iba avanzando lentamente, sin ninguna prisa. Cuando la liebre despertó, se lanzó a correr como un rayo, pero la tortuga estaba ya tan cerca de la meta que no pudo alcanzarla.

Moraleja: *la constancia vence todas las dificultades.*

EL LEÓN Y LA RANA
Esopo
(Grecia)

Cierto día, un león iba caminando por la selva y, de pronto, escuchó a una rana que croaba fuertemente. Era tan potente "croac-croac" de la ranita que el león creyó que se trataba de un gran animal.

El rey de la selva empezó a temblar lleno de miedo, y dirigió la mirada con mucho cuidado hacia el lugar de donde venía la voz. En ese instante, la rana salió del agua y el león, al verla, la deshizo de una manotada.

Moraleja: *Esta fábula demuestra que nunca debemos llenarnos de temor, sólo por el ruido que hacen las cosas y antes de haberlas examinado.*

LA TORTUGA
Esopo
(Grecia)

Hubo una vez una tortuga que observaba maravillada el vuelo de un águila. Cuando ésta detuvo su vuelo y se posó en una roca, la tortuga se acercó a ella tan rápido como pudo y le pidió lo siguiente:

—Por favor, enséñame a volar.

El águila le respondió que nunca podría aprender a volar, pues eso era algo que no formaba parte de su naturaleza. Pero la tortuga le rogó con tanta insistencia que el águila acabó por tomarla en sus garras y la llevó por los aires. Luego la dejó caer desde una gran altura, y la tortuga, incapaz de volar, fue a estrellarse contra unas piedras.

Moraleja: *esta fábula nos enseña que los que no siguen los consejos de aquellos que tienen más prudencia, se hacen daño al llevar a cabo sus riesgosos deseos.*

LA LECHERA
Félix María Samaniego
(España)

Llevaba en la cabeza
  una lechera el cántaro al mercado
   con aquella **presteza,**[1]
    con aquel aire sencillo, aquel
    agrado
    que va diciendo a todo el que lo
    advierte:
    —¡Yo sí que estoy contenta con
    mi suerte!

    Porque no apetecía
   más compañía que su
   pensamiento
  que alegre le ofrecía
inocentes ideas de contento.
Marchaba sola la feliz lechera
y decía entre sí de esta manera:

 —Esta leche, vendida,
en limpio me dará tanto dinero;
y con esa partida,
un canasto de huevos comprar quiero
para sacar cien pollos, que al **estío**[2]
merodeen cantando el pío-pío.

Del **importe**[3] logrado
de tanto pollo, **mercaré**[4] un cochino:
con bellota, salvado,
berza[5] y castaña, engordará **sin tino;**[6]
tanto, que puede ser que yo consiga
el ver cómo le arrastra la barriga.
Llevarélo al mercado,
sacaré de él, sin duda, buen
dinero;
compraré de contado
una robusta vaca y un ternero
que salte y corra toda la
campiña,
desde el monte cercano a la
cabaña.

Con este pensamiento
enajenada,[7] brinca de manera
que a su salto violento
el cántaro cayó. ¡Pobre lechera!
¡Qué compasión! ¡Adiós leche, dinero,
huevos, pollo, **lechón,**[8] vaca y ternero!

¡Oh, loca fantasía!
¡Qué palacios fabricas en el viento!
Modera tu alegría,
no sea que saltando de contento
al contemplar dichosa tu **mudanza,**[9]
quiebre tu **cantarilla**[10] la esperanza.

No seas ambiciosa
de mejor o más próspera fortuna,
que vivirás ansiosa
sin que pueda saciarte cosa alguna.

Moraleja: *No anheles impaciente el fin futuro:*
mira que ni el presente está seguro.

Vocabulario:
[1]**Presteza:** rapidez.
[2]**Estío:** verano.
[3]**Importe:** suma o cantidad de dinero.
[4]**Mercaré:** compraré.
[5]**Berza:** col.
[6]**Sin tino:** sin moderación.
[7]**Enajenada:** abstraída, embelesada, trastornada.
[8]**Lechón:** cerdo pequeño.
[9]**Mudanza:** transformación.
[10]**Cantarilla:** vasija pequeña.

EL PERAL
Juan Eugenio Hartzenbusch
(España)

A un **peral**[1] una piedra
tiró un muchacho,
y una pera exquisita
le soltó el árbol.

Las almas nobles
por el mal que les hacen
vuelven[2] favores.

Vocabulario:
[1]**Peral:** árbol que da peras.
[2]**Vuelven:** devuelven.

74

EL SAPO, LA RANA Y EL BUEY

José Rosas Moreno
(México)

A un miserable sapo una mañana,
"yo puedo más que un buey, dijo una rana,
no lo dudes, amigo, el otro día
a un poderoso buey vencí luchando..."
   Mientras así decía
pasaba un buey, y la aplastó pasando.
   Ya ves, lector amigo,
que siempre el **fanfarrón**[1] halla castigo.

Vocabulario:
[1]**Fanfarrón:** vanidoso, presumido.

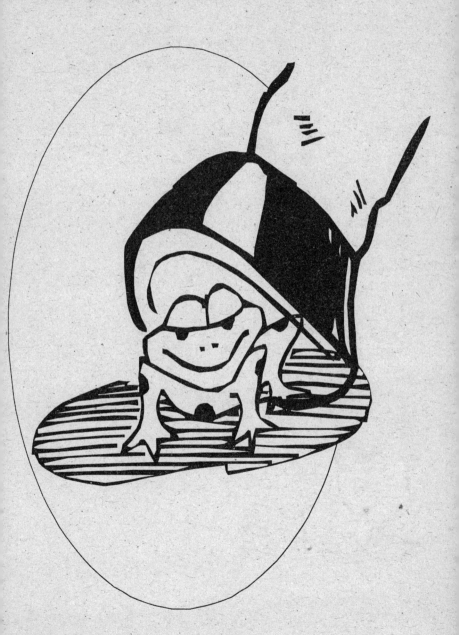

EL LAVATORIO DEL CERDO

Miguel Agustín Príncipe

(España)

En agua de Colonia
bañaba a su marrano doña Antonia,
con empeño ya tal, que daba en terco,
pero a pesar de afán tan obstinado,
no consiguió jamás verle aseado,
y el marrano en cuestión fue siempre puerco.

    Es luchar contra el **sino**[1]
con que vienen al mundo ciertas gentes,
querer hacerlas **pulcras**[2] y decentes:
el que nace **lechón**[3], muere cochino.

Vocabulario:
[1]**Sino:** destino.
[2]**Pulcras:** limpias.
[3]**Lechón:** cerdo pequeño.

FAVORES OBLIGADOS
José Rodao
(España)

"Sin mí —exclamó el sol— sería
siempre **infecunda**[1] la tierra,
y los tesoros que encierra
al hombre no ofrecería.

Si no llegara a lucir
mi hermosa luz **esplendente**[2],
el hombre, seguramente,
dejaría de existir.

Con mi **influjo**[3] **bienhechor**[4],
desde el valle hasta la cima,
todo se alegra y se anima,
porque soy luz y calor".

"Esa es **necia**[5] vanidad
—dijo el aire—; ten en cuenta
que porque yo existo **alienta**[6]
y vive la humanidad".

¿Y sin mí —el agua, enfadada,
exclamó— servís para algo?
Yo soy la que sirvo y valgo;
el hombre sin mí no es nada.

Si importancia me negáis,
la injusticia no me explico.
Yo refresco y purifico
cuanto uno y otro tocáis".

"Vuestro amor propio me **exalta**[7]
—el hombre **altivo**[8] exclamó—,
pues, si no existiera yo,
¿haríais vosotros falta?"

Vocabulario:
[1]**Infecunda:** improductiva.
[2]**Esplendente:** resplandeciente, brillante.
[3]**Influjo:** influencia; poder que ejerce una cosa sobre otra.
[4]**Bienhechor:** que hace bien a otro.
[5]**Necia:** tonta.
[6]**Alienta:** respira.
[7]**Exalta:** irrita, exaspera.
[8]**Altivo:** orgulloso.

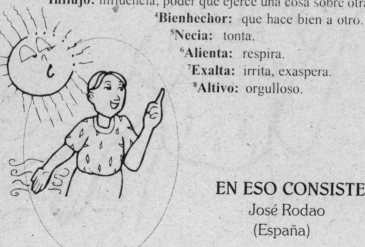

EN ESO CONSISTE
José Rodao
(España)

Un ricachón **mentecato**[1],
ahorrador **empedernido**[2],
por comprar jamón barato
lo llevó medio podrido.

Le produjo indigestión,
y entre **botica**[3] y **galeno**[4]
gastó doble que en jamón...
¡por no comprar jamón bueno!

Y hoy afirma que fue un loco,
puesto que economizar
no es gastar mucho ni poco,
sino saberlo gastar.

Vocabulario:

[1]**Mentecato:** necio, tonto, que no actúa con buen juicio.

[2]**Empedernido:** que tiene muy arraigado un vicio o costumbre; incorregible

[3]**Botica:** medicinas.

[4]**Galeno:** médico, doctor.

LA PALOMA Y LA HORMIGA
Esopo
(Grecia)

Una hormiga llevaba un buen rato caminando por el bosque. Cansada, se detuvo, y dijo en voz alta:

—Tengo mucha sed.

—Hay un arroyo muy cerca de aquí. ¿Por qué no bebes un poco de agua de él? —le dijo una paloma

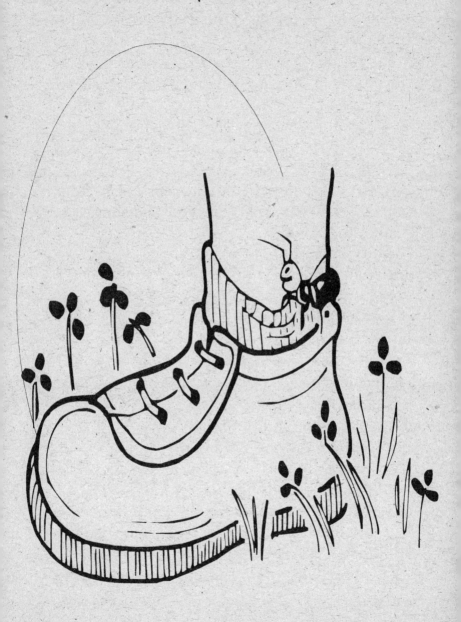

que estaba posada en un árbol cercano. Pero ten cuidado de no caerte.

La hormiga se dirigió al arroyo y comenzó a beber, cuando, de pronto, sopló un fuerte viento y la arrojó al agua.

—¡Auxilio! ¡Me ahogo! —gritó la hormiga.

Al oírla, la paloma supo que debía darse prisa para salvarla.

Cortó una ramita del árbol con su pico, después voló velozmente sobre el arroyo y la dejó caer junto a la hormiga.

La hormiga se subió a la ramita y, flotando sobre ella, pudo llegar hasta la orilla.

Poco después, la hormiga pasó junto a un cazador que preparaba una trampa con el fin de atrapar a la paloma.

Ésta, sin darse cuenta, comenzó a volar hacia la trampa. En ese preciso instante, la hormiga se trepó al tobillo del cazador y lo mordió con todas sus fuerzas.

—¡Ay! —gritó el cazador.

Al oír ese grito, la paloma se alejó volando.

Moraleja: *Todas las buenas acciones tienen su recompensa.*

EL HOMBRE QUE QUISO ROBAR A SU COMPAÑERO
Anónimo
(India)

Se cuenta que un hombre tenía un frasco lleno de un perfume muy valioso, y lo guardaba en una **botica**[1] junto con otro frasco igual de un compañero suyo. Un día se le ocurrió robar el de su amigo, por lo cual fue a hablar con un vecino, que era un tipo codicioso y sinvergüenza, y le dijo:

—En esa botica hay dos frascos llenos de un perfume tan raro, que no hay en el mundo otros más valiosos que ésos. Esta noche entrarás ahí para robar uno de ellos.

—Está bien —contestó el vecino, pero, ¿qué ganaré yo por hacer lo que me pides?

—Te daré la mitad del contenido del frasco —respondió el otro—. Y para que sepas cuál vas a robar, pondré encima de él un pañuelo blanco.

El otro estuvo de acuerdo y esperaron a que anocheciera para llevar a cabo su plan.

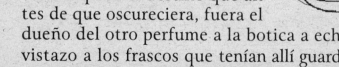

Pero quiso el destino que antes de que oscureciera, fuera el dueño del otro perfume a la botica a echar un vistazo a los frascos que tenían allí guardados.

Vio entonces que el suyo estaba cubierto con un pañuelo.

—¡Caramba! —exclamó con una sonrisa—, mi amigo es tan bueno que le ha puesto al mío un pañuelo encima para protegerlo.

A continuación retiró el pañuelo del frasco y lo puso sobre el de su compañero, mientras decía:

—Es lo menos que puedo hacer por él, que ha sido tan amable conmigo.

Y se alejó de allí muy contento por su buena acción.

Al anochecer, el vecino entró en la botica y robó el frasco que tenía el pañuelo blanco. Cuando se lo entregó al hombre, éste exclamó:

—¡Pero qué tonto eres! ¡Has robado mi propio frasco!

—¡No digas tonterías! —repuso el vecino. Yo cogí el que tenía el pañuelo blanco. En eso quedamos, ¿o no?

—Sí, así es. Pero yo estoy seguro de haber puesto el pañuelo sobre el otro.

—No me vengas con cuentos. Yo hice exactamente lo que tú me pediste. Si fue error tuyo, yo no tengo la culpa. Así que dame lo que me prometiste.

El hombre no tuvo más remedio que darle al otro lo que le pedía, con lo cual además de no lograr apoderarse del perfume de su compañero, perdió la mitad del frasco que era suyo.

Vocabulario:
[1]**Botica:** farmacia.

EL CAMELLO Y LA PULGA
Félix María Samaniego
(España)

En una larga **jornada**[1],
un camello muy cargado
exclamó, ya fatigado:
——¡Oh, qué carga tan pesada!
Doña pulga, que sentada
iba sobre él, al instante
se apea[2] y dice **arrogante**:[3]
——Del peso **te libro**[4] yo.
Y el camello contestó:
——¡Gracias, señor elefante!

Vocabulario:
   [1]**Jornada:** camino, caminata, viaje, recorrido.
   [2]**Se apea:** se baja, desciende, desmonta.
   [3]**Arrogante:** petulante, engreída.
   [4]**Te libro:** te libero.

Contenido

Cuadernos para colorear
bilingües

Jugando.
Mi casa.
Mi escuela.
Ecologia.
Animalitos.

Cuadernos para colorear
bilingües

Deportes.
Divertido.
El circo.
El trabajo.
Trajes tipicos.

LIBROS INFANTILES

- **Divertidas adivinanzas para niños** (ilustrado)
- **La Biblia para niños** (ilustrada)
- **Canciones y Juegos para Niños** (ilustrado)
- **Cuentos Andersen**
- **Cuentos Grimm**
- **Cuentos Perrault**
- **Cuentos Clásicos para niños**
  La Bella Durmienta, Cenicienta, Blancanieves,
  El Sodadito de Plomo, Pinocho.
- **Cuentos Clásicos Infantiles**
  Peter Pan, La Sirenita, El Traje Invisible del Rey.
  Robín Hood, El Pincipe Sapo, Pulgarcita,
  La Princesa delicada.
- **Divertidos chistes para niños**
  (ilustrado). Compilador José Reyes.
- **Leyendas fantásticas** (ilustrado)
- **Mitologia para niños**

ESTA OBRA SE TERMINÓ DE IMPRIMIR EN EL MES DE FEBRERO
DEL 2006 EN **GRAFIMEX IMPRESORES S.A. DE C.V.,**
BUENAVISTA 98-D COL. SANTA ÚRSULA COAPA
C.P. 04650 MÉXICO, D.F. TEL.: 3004-4444